KB124086

문학과지성 시인선 457

침묵의 결

이태수 시집

문학과지성사

문학과지성사에서 펴낸 이태수의 시집

우울한 비상의 꿈(1982, 개정판 1994)
물 속의 푸른 방(1986, 개정판 1995)
안 보이는 너의 손바닥 위에(1990)
꿈속의 사닥다리(1993)
그의 집은 둥글다(1995)
안동 시편(1997)
내 마음의 풍란(1999)
이슬방울 또는 얼음꽃(2004)
회화나무 그늘(2008)

문학과지성 시인선 457

침묵의 결

초판 1쇄 발행 2014년 9월 3일
초판 7쇄 발행 2017년 9월 14일

지 은 이 이태수
펴 낸 이 우찬제 이광호
펴 낸 곳 ㈜문학과지성사

등록번호 제1993-000098호
주 소 04034 서울 마포구 잔다리로7길 18(서교동 377-20)
전 화 02)338-7224
팩 스 02)323-4180(편집) 02)338-7221(영업)
전자우편 moonji@moonji.com
홈페이지 www.moonji.com

ISBN 978-89-320-2657-2 03810

문학과지성 시인선 457

침묵의 결

이태수

2014

시인의 말

열두번째 시집을 묶는다.
등단 40년— 되돌아보면 자괴감에서 자유로울 수 없다.
새로운 길이 보일 때까지 참고 기다리든지,
아예 침묵 속으로 들어가든지 해야겠다는 생각도 했었다.
지난 2013년 한 해,
가을까지 쓴 작품들을 정리했다.
그 이후 지금까지 달라지기 위한 방법을 모색하며 방황해왔다.
이젠 또 다른 새 길이 열렸으면 좋겠다.

2014년 가을
이태수

침묵의 결

차례

II

III

IV

I

시법(詩法)
—서시

내 말은 온 길로 되돌아간다
신성한 말은 한결같이
먼 데서 희미하게 빛을 뿌린다
나는 그 말들을 더듬어
오늘도 안간힘으로 길을 나선다
하지만 아무리 애써보아도
그 언저리까지도 이르지 못할 뿐
오로지 침묵이 그 말들을
깊이깊이 감싸 안고 있다
그래도 언제까지나 가 닿고 싶은 곳은
그 말들이 눈 뜨는 그 한가운데,
그런 말들과 함께 눈 떠보는 게
한결같은 꿈이다
내 시는 되돌아간 데서 다시
되돌아오는 말을 향한 꿈꾸기다
침묵에서 다른 침묵으로 가는
초월에의 꿈꾸기다

눈〔雪〕

눈은 하늘이 내리는 게 아니라
침묵의 한가운데서 미끄러져 내리는 것 같다
스스로 그 희디흰 결을 따라 땅으로 내려온다
새들이 그 눈부신 살결에
이따금 희디흰 노랫소리를 끼얹는다

신기하게도 새들의 노래는 마치
침묵이 남은 소리들을 흔들어 떨치듯이
함께 빚어내는 운율 같다
침묵에 바치는 성스러운 기도 소리 같다

사람들이 몇몇 그 풍경 속에 들어
자신도 느끼지 못하는 사이 먼 데를 바라본다
그 시간의 갈라진 틈으로
불쑥 빠져나온 듯한 아이들이 몇몇
눈송이를 뭉쳐 서로에게 던져대고 있다

하지만 눈에 점령당한 한동안은

사람들의 말도 침묵의 눈으로 뒤덮이는 것 같다
아마도 눈은 눈에 보이는 침묵, 세상도 한동안
그 성스러운 가장자리가 되는 것만 같다

침묵의 벽

침묵의 틈으로 앵초꽃 몇 송이
조심조심 얼굴을 내민다
그 옆에는 반란이라도 하듯
빨간 튤립들이 일제히 꽃잎을 터뜨린다
가까이 다가서듯 솟아 있는
성당 종탑에는
발을 오그린 햇살들이 뛰어내린다

한 중년 남자가 저만큼 간다
헐렁한 모자에 얼굴 깊숙이 파묻은 채
호주머니에 두 손을 찌르고 걸어간다
나는 잃어버린 말, 새 말 들을 더듬으며
유리창 너머 풍경들을 끌어당긴다

침묵은 이내 제 길로 되돌아가고
봄 아침은 또 어김없이
그 닫힌 문 앞에서 말을 잃게 한다
빗장은 요지부동, 안으로 굳게 걸려

문을 두드릴수록 목이 마르다
새 말, 잃어버린 말 들은 여전히
침묵의 벽 속에 가부좌 틀고 앉아 있다

벚꽃

겨우내 웅크리던 벚나무들이
가지마다 꽃잎을 가득 달고 서 있다
간밤에 침묵이 떨궈낸
하얀 보푸라기들을 뒤집어쓴 듯
아무 소리도 내지 않고
이른 봄 하늘을 바라보며 서 있다

아무 소리도 들리지 않게 뛰어내리는
햇살들이 그 위에 포개져
더욱 하얗게 빛을 쏘아대는 벚꽃들

새들은 마치 이 신성한 광경을
나직한 소리로 예찬이라도 하듯이
벚나무 사이를 날며 노래 부르고 있다
하지만 이내 온 길로 하나같이
다시 되돌아가버리고 말
저 침묵의 눈부신 보푸라기들

오래된 귀목나무

오랜 세월 동안
말들을 침묵 속에 다져온 것일까
마을 어귀의 저 귀목나무는,
잎사귀들은 마치 그런 말에서 돋아난
침묵의 결과 그 무늬들 같다
신성한 말들만 파랑 치고 있다

아주 오래된 저 귀목나무는
까마득히 오래된 침묵의 한가운데서
느리게 솟아오른 광휘 같다

오로지 말 없는 말에만 귀 열어
깊이깊이 안으로만 쟁이고 되새김질해
그윽한 빛을 뿜어내는 것 같다
그 그늘에 낮게 깃들인 나는
작아지고 작아지기만 하는,
끝내 허물도 벗지 못하는 애벌레 같다

꿈

꿈은 침묵 언저리의 희미한 그림일까
괸 물 위에 뜬 연꽃잎일까
이도 저도 아닌 미망(迷妄)일까

해종일 말을 잘 다스리지 못해
잠 속에 그런 아리송한 무늬와 빛깔 들을
무수히 안겨다 주는 것 같다

잠 밖으로 나오려 할 즈음
그림 속의 이슬도,
물 위의 연꽃잎들도
떨어지고 흘러내리게 마련이지만

그럼에도 잠 속에 들기만 하면 꿈,
한낮에도 자주자주
꿈속을 헤매듯 나를 떠돌게 하는 것일까

하지만 나의 꿈은 나를 끌어주고

떠밀어주는 힘, 침묵 속 미지의 말들을
더듬어 가게 하는 길라잡이인 것 같다

어떤 거처

오래전 우리 집 마당으로 이사 온
계수나무 두 그루,
바라보면 볼수록 침묵의 화신 같다

겨울이 다가서자 지다 남은 잎사귀들이
햇빛 받으며 유난히 반짝이지만
몸통은 벌써 침묵 깊숙이 붙박여 있다

잎이 돋아나고 꽃이 피어오르든,
바람에 휩쓸리어 다 지고 말든,
침묵만 몸통에
은밀하게 오르내리고 있는지

해마다 눈에 띄게 커지는 계수나무 둥치는
제 안에 침묵의 거처를 키우고 넓혀
차곡차곡 쟁이려 하는 것 같다

두 계수나무 사이에 서 있는 산딸나무도

자기에겐 왜 마음을 주지 않느냐는 듯
물끄러미 나를 내려다보며 서 있다

아침 꿈길

머리가 텅텅 비었다
깃털베개의 지퍼를 열자
깃털들이 산지사방 흩어져 날아가버리듯
깃털베개를 베고 꿨던 꿈들도
다 지워져버렸다

이른 아침, 뜨락의 나무의자에 멍하니 앉아
맞은편 담벼락을 바라본다
담벼락이 광나무 울타리를 끌며 천천히 다가온다
광나무 울타리 너머 희미한
낮달도 끌려 온다

아직도 희미하게 깜빡이는 가로등,
쓰레기차가 덜커덕거리며 지나간다
심장의 박동 소리가 점차 또렷해지지만
텅텅 비었던 머리는
다시 어지러워진다

오늘 나는 또 어디로 가야 할까
어디로든 가기는 가야 하는데
세상길들이 모두 낭떠러지 같다
구름 그림자가
내 발치에 가만히 멎어 있다

서녘 하늘

해가 키 큰 굴거리나무 뒤로 미끄러진다
서녘 하늘은 어김없이
내 하루치의 말과 침묵을 깊숙이 그러안는다
남은 햇살을 끌어당기며 불콰한 얼굴로
그 둘은 본디 하나라고,
말은 침묵 위에 떠 있는 구름일 뿐이라고,
침묵으로 말하듯이 나를 내려다본다

내 말은 소음에서 일어나 다시 소음 속으로
사라질 따름이라는 걸 알고 있지만,
말과 침묵이 하나가 되지 못해
내 말이 풍선처럼 허공에 떴다가 스러지는
그런 말이 돼서는 안 된다는
그 공허를 모르는 바도 아니지만,
나는 또 나를 향해 낮게 비집고 들어야 한다

오늘 하루치의 내 말들이
키 큰 굴거리나무 아래 뒹굴다 사라지듯이

나는 저녁 어스름 속에 마냥 가라앉으면서도
저 불쾌한 얼굴의 서녘 하늘이 이르는 말을,
침묵과 하나가 되어 새로이 태어날 말들을,
아무 말 하지 않고 기다려야 한다
내가 깨뜨려버린 침묵과
다시 들어가야 할 침묵 사이를 서성이며
이토록 붉게 애를 태워야만 한다

신성한 숲

아무 일도 일어나지 않는 것만 같다
저 신성한 숲은
이따금 조금씩 몸을 흔들 따름이다

아마도 모든 일들을 안으로 깊숙이
끌어안고 있기 때문일 것이다

그 속에서는 이미 일어났던 일들과
지금 일어나고 있는 일들,
곧 일어날 일들까지
오직 하나로만 아우러지고 있을 것이다

나는 그 바깥에서 바라보고,
그 안에서는 침묵이 나를 본다

저 신성한 숲은
이 세상의 모든 일들을 품어
너그럽고 부드럽게 보듬고 있을 것이다

아기와 노인

아기는 침묵의 작은 언덕과도 같고
노인의 말은 침묵으로 다가가고 있다는
막스 피카르트*의 말이
나를 붙들어 벤치에 앉힌 오후 한때
노인과 아기가 나란히 앉아 나를 바라본다

노인은 침묵 속으로 말을 떨어뜨리고
아기에게는 침묵이 기어오르고 있다
이윽고 나는 작은 침묵의 언덕이 아주 작아지거나
말을 침묵으로 되돌리려는 낌새들을 들여다본다

아기가 난생처음 말문을 여는 순간
작은 언덕이 여지없이 허물어지는 모습을,
자신의 침묵을 부둥켜안으며
저 너머 아득한 침묵 속으로 느릿느릿 가는
노인의 모습을 눈 감고 미리 떠올려본다

* 독일의 의사, 문필가.

말 없는 말들

그에겐 말 없는 말을 듣는 귀가 있다
그런 귀가 없는 나는
그 깊고 높은 말을 제대로 알아듣지 못한다

내가 말하는 건
그가 소리 내어 말을 하지 않기 때문,
내가 입을 다물게 되는 것도
그가 말 없는 말을
소리 없이 하기 때문이다

그의 품에서만 높고 깊은 말로 바뀌는
저 말 없는 말들은
그만 누리는 아득하고 신성한 말의 성찬일까

나의 헐벗은 이 기도는
말 없는 말로 되돌아가는,
그 안 보이는 길 위에서 목마르게 서성이는,
말 없는 말들을

찾아 나서는 안간힘일 뿐,

나의 말은 기도 속 그 환한 말의
언저리 어디쯤에서 가까스로 맴돌기도 하지만
이내 그 말 속에 묻혀버리고 만다

겸구(箝口)

며칠째 아무 말도 하고 싶지 않다
하고 싶은 말들을 애써 누르고 또 누르며
침묵 저 너머의 말들을 기다린다

말은 말들을 부르고
사방연속무늬처럼 펴져나가려 하겠지만,
그 틈바구니에 낮게, 아주 낮게 엎드린다

언제 날아왔는지, 작은 새 몇 마리가
잎이 무성한 나뭇가지에 앉아 조잘거린다
내가 하지 않는 말을 마치 대신이라도 하듯이,

햇살이 이마가 따갑도록 쏟아져 내린다
새들은 쉴 새 없이 나뭇잎에 말을 끼얹고
아이들이 그 그늘에 모여 앉아 종알댄다

한낮의 침묵은 여전히 견고한 담장,
새들의 조잘거림도, 아이들의 종알댐도

그 담장에 부딪쳐 튕겨 나가는 탁구공 같다

입을 굳게 다문 채 말들을 잠재운다
며칠째 견디기 힘든 말들에 시달리면서도
아주 낮게, 더더욱 낮게 마음 조아린다

소음교향곡

장엄한 파이프오르간 연주가 끝나고
관객들이 다 빠져나갔다
조명등이 일제히 꺼지고
연주 홀은 어느새 정적 쌓인 동굴 같다
검은 커튼 틈새로 기어드는 햇살,
벽면의 음향판들은 누가 그리다 만 벽화 같다
조금 전의 그 깊고 신비스러운 선율들은
귓전과 가슴 언저리에 맴돈다

빈 연주 홀에 홀로 앉아 눈을 감으면
차츰차츰 크게 들리는 내 맥박 소리,
마치 바깥에서 들리는 소음 같다
컴컴한 동굴 속의 내가 모든 동작을 멈춘다
누군가가 등 뒤에서 어깨를 두드린다
별 수 없이 연주 홀 밖으로 밀려난다
사람과 자동차들이 북적거리는 도회 거리는
영락없이 소음교향곡 공연장 같다

별밤

아무도 없는 숲 속입니다
별밤은 깊어가고
정적이 납덩이처럼 마음을 짓누릅니다
나는 그 침묵 속에 깊이깊이 가라앉다가
그 일부가 되어버린 느낌입니다

심장의 박동이 점점 더
느려지는 것 같아 몸을 흔들어봅니다
침묵의 깊디깊은 심연에서 가까스로
조그만 불씨 하나가 되살아납니다
나는 그 불씨를 껴안습니다

숲의 정적은 여전히 하염없지만
잃었던 말들이 하나둘
실눈을 뜨기 시작합니다
마음속 납덩이를 애써 밀치는 동안
하늘엔 별들이 유난히 반짝입니다

갈 수 없는 길

온 길로 다시 돌아갈 수는 없을까

나의 이 간절한 말은 영락없이
그 길 언저리에서 지워져버리고 말 뿐,

우리는 어디론가 갈 수는 있어도
되돌아가지는 못하는, 언제까지나

떠도는 침묵의 소리를 목말라하며
어디론가 가고 있을 뿐,

이토록 기리는 저 시원의 침묵은
아득한 높이와 깊이에 있고,

그 그윽한 길 더듬어 헤매는 나는
하염없이 무명 속을 떠돌고 있다

정녕, 온 길로 돌아갈 수 없는 것일까

침묵 저 너머

절대적인 그 무엇이 있을 것이다

나는 그 너머로 나아가려 꿈을 꾼다
꿈은 언제나 꿈으로 머물지라도
그 무엇을 향해 애써 나아가며 꿈꾼다

오, 침묵 너머의 저 먼먼 말들이여

II

멧새 한 마리

앞마당의 계수나무 빈 가지에
앉아 있는 멧새 한 마리,
차츰 짙어지는 어둠살 뒤집어쓰며
지저귀기 시작한다
창을 열고 귀 기울이면
새는 어느새 어둠이 아닌 제 노래 속에
몸을 숨기고 있는지, 보이지 않는다
제 둥지를 찾아들기 전에
오늘 하루치의 못다 한 노래를
마지막으로 부르고 있었던 것인지,
계수나무 너머로는
구름에 온몸을 가린 보름달,
별들이 총총 눈 뜨기를 기다리는 동안
멧새는 제 노래 속으로 날아가버리고,
바람만 느리지만은 않게
빈 나뭇가지를 흔들고 있다

새봄은 어김없이

말하지 않으려는 말이 들썩인다
입 꽉 다물어도 입술을 치고 나오려 한다

이른 봄, 성급하게 부푼
개나리나 산수유 꽃망울들처럼,
더욱이 '임금님의 귀는 당나귀 귀'처럼,

때가 될 때까지는 말하지 않는 게 좋을,
어쩌면 두고두고 말하지 말아야 할,
말들이 자꾸만 입 밖으로 터져 나오려 한다

어제는 날을 세운 꽃샘바람,
오늘은 지독한 황사바람,
세상은 이따금 널을 뛰고 거꾸로 간다

하지만 새봄은 어김없이 돌아온다
아무리, 그 누가, 막아도 먼 길 돌아서 온다

봄맞이

봄은 정적(靜寂)을 밀며 다시 돌아온다
언 땅을 헤집으며 꼬리 흔드는 버들강아지,
그 뒤 따라 돋아나는 달래 냉이 꽃다지 들,
앞산 모롱이의 아지랑이도
나들이 옷자락을 하늘거리고 있다

벌거벗은 나무들이 머잖아
정적에 갈무리한 잎들을 일제히 밀어 올리겠지
나뭇가지 사이로 뛰어내리는 햇살,
새들의 노랫소리도 한결 맑고 밝아지겠지
개나리와 목련은 성급하게 꽃망울을 내밀고
벌써 몸놀림이 아주 날렵해진 청설모들

덮개를 슬머시 밀쳐낸 정적은
산과 들, 거리에서 서둘러 제 길로 되돌아가고
모자를 벗어 든 사람들 몇이
오는 봄의 리듬을 타고 콧노래 부르며 간다
나도 그 기운을 끌어당기며 길을 나선다

봄, 봄

아이들이 하늘로 공을 튕겨 올린다
서로 높이 튕기려고
큰 소리를 지른다
하지만 공들은 이내 떨어져 튄다

놀이터 옆에 웅크리고 서 있던 나무들은
뿌리로 모았던 힘을
다투어 펴 올린다
잎이 돋아나고 꽃잎들이 터져 나온다
안으로만 소리 지르듯
하늘로 팔을 뻗는다

낮게, 따스하고 도탑게,
뛰어내리는 햇살은
아이들도 나무들도 살며시 감싸 안는다
아이들이 튕겨 올리는 공과
나무들이 뻗는 팔은
마치 완연한 봄의 전령들 같다

높이 오를수록 떨어질 때 멀리 튀는 공,
팔 뻗을수록 터져 나오는
나뭇잎과 꽃잎 들,
오로지 시간만 한결같은 걸음걸이로 간다

봄날 한때

창가에 앉아 졸음 겨운 눈을 뜬다
얼마 전까지만 해도 빠져들어 읽던 책 속의
글자들이 꼬물거리는 벌레들 같다

깜빡 잠든 사이의 짧은 꿈은
오리무중, 까마득하게 물러서버리고
눈꺼풀이 자꾸만 다시 맞붙는다

꿈은 언제나 부질없게 마련,
책 속의 보일 듯 말 듯 가물거리던 길들도
다 흐트러져버렸다
나사 풀어진 로봇처럼 풀어져서
흐느적거리는 이 이른 봄날 한때

가까스로 눈을 들어 창밖을 바라본다
새들이 탱글탱글 하늘로 솟구치고
개나리, 목련꽃을 활짝 밀어낸 나무들은
제 발치에 돋아나는 풀잎들을 내려다본다

몇 번이나 눈 비비고 들여다보니
비로소 책 속의 글자들도 느릿느릿
제자리로 돌아와 서거나 앉는 중이다

계수나무

정원사들이 잎들 돋아나는 계수나무 둥치에
사닥다리를 놓고 가지치기를 한다
요란한 전기톱 소리,
새들도 지저귀다 숨을 고르며 날아간다
하지만 잘린 가지들은 아무런 소리도 내지 않고
시멘트 바닥에 떨어져 이리저리 쌓인다
연초록 잎사귀들이 햇빛을 받으며 반짝인다

그 광경을 바라보다가 문득
간밤 꿈속의 두 장면이 뇌리를 스친다
어린 시절 누나가 즐겨 부르던 동요 속의
계수나무와 옥도끼와 토끼들,
절두산 성지와 그 절벽 아래
굽이 돌아 나가는 강줄기,

아무런 상관이 없을 것 같은데
봄이면 도지는 몸살 때문일까
내가 저 잘려 나뒹구는 계수나무 가지쯤이라도

된 것 같아서 그런 것일까
때마침 시샘 많은 바람이 소맷자락 흔들고,
잔가지들이 잘려버린 계수나무는
머리 잘린 먼 산을 향해 절을 하는 것 같다

산딸나무

집을 나설 때마다 마주치는 산딸나무,
계절 따라 몇 차례 몸을 바꿔도
느낌은 언제나 그대로다

사람의 아들 예수와 산딸나무 십자가,
그 기막힌 골고다 언덕의 사연 때문일까
귀가 때도 어김없이 나를 굽어보는 산딸나무

늦봄에 흰 십자가 꽃잎턱에 맺히던 열매는
어느덧 영글어 검붉은 핏빛,
잎사귀들도 붉게 물들었다

산딸나무 꽃은 왜 꽃이 아니고
열매를 받치는 십자가 모양의 꽃잎턱일까
잎도 열매도 때 되면 성혈처럼 붉어지는 걸까

꽃 피우기보다 오직 열매를 받치기 위한
꽃잎, 그 받들어진 열매 빛깔 따라

붉게 타오르다 지고야 마는 잎들

집을 나서거나 돌아올 때마다
나보다 먼저 나를 굽어보는 산딸나무,
단풍도 열매도 이젠 다 비워내려 하고 있다

빈손

소리 없이 동이 트고, 아침이 온다
나무들은 하늘로 팔을 뻗는다

창 앞의 산딸나무 낙엽 지는 가지에
오도카니 앉아 있는 참새 한 마리,
그 정수리에 소리 없이 내리쬐는 햇살,

지팡이 짚은 한 노파가 쓰러질 듯 걸어간다
아장걸음으로 걷는 아기 뒤에는 바짝
한 젊은 여인이 따라간다
소리 없이, 세상은 잰걸음으로 돌아간다
요란하기보다 아무 소리도 내지 않을 때
세상은 더더욱
아무 소리를 내지 못하게 한다

오늘 하루도 저물고, 밤은 깊어가고,
비정하게 앞으로만 가는 시간,
지금도 누군가는

소리 없이 먼 길 떠나겠지

온 길로 소리 없이 되돌아가는 말들을
붙잡아보다가 놓아버리는 이 빈손

야상곡(夜想曲)

깊은 밤, 이름 모를 새들이
창 너머 나뭇가지에 앉아 지저귄다
귀를 가까이 가져가보면 그 소리는
낮에 못다 부른 노래의 후렴 같다
어둠을 부드럽게 흔들어 깨워
따스한 이불 한 채를 지어보려는
주문 외는 소리 같다

박자를 맞추기라도 하듯
바람은 나지막이 창유리를 두드린다
어두운 하늘에는 잔별들이 총총,
달빛 실오라기들도 하염없이 흘러내리고
속살 비비대는 나뭇잎들은 저희끼리
무언가 연신 속살거리고 있다

눈 감고 가만히 귀를 모으면
바로 아랫집에서인지, 위층에서인지,
끊이지 않고 흘러나오는 그레고리안 성가의

낮고 깊은 선율, 눈앞에 어른거리는
저 성스러운 빛과 소리의 무늬들,
바람도 새들의 지저귐도
오로지 그 언저리에서 맴도는 것만 같다

정적(靜寂)

나무들이 서로 어깨 비비대고 껴안는다

밤이 깊어갈수록 발을 깊이 뻗는다
가장 낮은 데까지의 그 무엇들을
죄다 들어 올려 정적에 넘겨주려 한다

밤이면 스스로, 늘 서 있는 자리마저도
왜 낯설게 느끼는지 알 수 없다
정적은 언제나 들어 올린 것들을 다 녹여서
더욱 낮게 가라앉게 할 것이므로,
낮에는 늘 낯익었던 그 제자리로
아무도 몰래 옮겨다 놓을 것이므로,

밤은 이 지상 구석구석에 정적을 부려놓지만
그도 잠시 한때,
동이 트자 모든 정적은 허공 속으로 빨려든다

불현듯 항아리 깨지는 소리, 요란하다

알레그로

맑은 아침, 새들이 떼 지어 난다
나무들이 그 경쾌한 리듬을 탄다
어떤 나무는 날아오를 듯 잎사귀들을 흔들고
어떤 나무는 뿌리에 힘주며 춤을 춘다

창문을 활짝 열어젖힌다
앞산 어디에선가 뻐꾸기가 울고
산발치의 미루나무 높은 가지에는
까치들이 분주하게 새 둥지를 짓고 있다
구름은 늘보처럼 산마루를 기웃거리고
희멀건 낮달이 멋쩍은 듯 그 뒤를 따라간다
불현듯, 느린 리듬을 다 깨뜨려버리듯
팬텀기 몇 대가 폭음을 쏟아내며 멀어진다

지독한 몸살도 이젠 거반 나은 걸까
베란다에 밀쳐둔 배낭과 등산화에 눈이 간다
며칠 만에 커피 몇 모금도 제맛이다
마음은 어느새 앞산 옹달샘에 닿아 있다

나는 왜 예까지 와서

오다가 보니 낯선 바닷가 솔숲입니다
갯바위에 부딪치는 포말을 내려다보는
해송의 침엽들도, 내 마음도 바다 빛깔입니다

아득한 수평선 위로 날아가는
괭이갈매기 떼,
마음은 자꾸만 날개를 달지만
몸은 솔숲 아래 마냥 그대로 묶여 있습니다

일정한 박자로 솔밭 앞까지 들이치는 파도는
이 뭍의 사람들이 그리워서 그런 걸까요
왔다가 되돌아가면서도 끝없이 밀려옵니다

나는 왜 예까지 와서
괭이갈매기들 따라 날아가고 싶은 걸까요
돌아가야 할 길마저 지우면서
마음만 따로 수평선 저 멀리 가고 있습니다

날 저물어 어둠살 그러안고 앉아 있으면
수평선 위로 돋아 오른 손톱달,
이마 푸른 저 적막,

눈 감아보면 이 세상일은 죄다
갯바위에 부딪쳐 부서지는 포말입니다
오래된 해송 침엽 같은 내 마음 무늬들도
파도에 실려 밀려왔다가는 이내 쓸려갑니다.

바닷가 한때

바위들이 뒷걸음질하다 멈춰 선 걸까
바다는 자꾸만 뭍으로 떠밀지만
완강하게 버티어 서 있다

허옇게 부서지는 포말들,
밀려왔다 이내
쓸리어나가는 파도,

떼 지어 날아온 괭이갈매기들이
바위에서 한가로이 쉬고 있다
하늘엔 유유자적 양떼구름 노닐고

바닷가 언덕의 몇 그루 키 작은 오엽송,
빳빳한 저 침엽들에 찔린 듯
푸른 하늘 한 자락이 움찔한다

방파제 인근에는 포클레인 한 대,
커다란 손을

땅바닥에 내려놓고 있다

낮잠에 빠진 어부의 훤히 드러난 배꼽,
소주병 두엇과 빈 유리잔도
그의 꿈속에 동참한 듯 나뒹굴어져 있다

새벽길

동녘이 뿌윰하게 뒤척인다
잎사귀 다 떨군 나무들은 뿌리로 힘을 모으며
하늘 향해 여전히 팔을 뻗고 있다
이름 모를 새들이 어둠살 헤집으며
빈 나뭇가지에 앉아 나직나직 지저귄다

갑자기 나타난 까치 한 쌍
정적을 난타한다

내 등 뒤의 저 도시는 아무래도 소음 저수지,
말도 많고 탈도 많은 그 도가니,
조금만 떨어져 바라보면 영락없는 소음 제조기다

간밤의 온갖 소음들이 빨려든 갱도 같던
거리가 다시 꿈틀거리기 시작한다
스르르 지나가는 쓰레기차,

전조등을 켠 자동차들이 점차

다투기라도 하듯 달려간다

살아 있는 침묵을 잃어버린 저 도시는
산산조각 난 그 잔해들마저
온종일 밑도 끝도 없이 밀어내대겠지
밝아오는 길 위에서 마음은 또 흐리다
그러나 발길을 다시 되돌리지 않을 수 없다

가을 달밤

깊어가는 가을밤, 환한 달빛 아래
샐비어들이 시들고
마른 풀들이 눕는다

하루치의 기억을 거슬러 오르다 말고
오래된 회화나무 등걸에
우두커니 등을 기대어 선다

바람은 어디서 와서 어디로 가는지,
뿌리로 힘주는 나무들을
자꾸만 흔들어댄다
달빛을 그러안는 듯, 가지에서
손을 놓아버리는 단풍나무 붉은 잎들

무슨 풀벌레들인지,
서늘한 바람 소리와 달빛의 각단에
울음소리를 끼얹고, 쟁이기도 한다

사람들은 이제 아무도
얼씬대지 않는다
달빛 속의 집들도 불을 다 꺼버렸다

한겨울 밤

잠자리에 누워도 좀체 잠이 오지 않는다
저물 무렵 미등만 켠 오토바이들이 질주하듯
캄캄한 벽과 천장에
알 수 없는 그림과 글씨 들이 휘갈겨진다
괘종시계 종소리가 두 번 울리고
창틀이 거의 일정한 간격으로 덜컹거린다

싸락눈 흩뿌리는 빙판길, 몇 번이나 자동차바퀴가
헛돌고 아슬아슬하게 미끄러지던 오늘 그 길도
난삽한 글씨와 그림 들 위에 뒤얽힌다

오래전 모스크바 거리의 키 큰 자작나무들,
아우슈비츠 수용소의 망자들 신발과 모발 더미,
타트라 호수와 잘츠부르크의 소금굴들이 얼비친다

프라하의 환상적인 야경, 부다페스트 거리의
한 노파가 켜던 비올라의 애달픈 선율 몇 소절과
담배를 몇 개비나 태우며 쓰다가 지우고 쓴

내 시 몇 구절도 한데 어우러져 어른거린다
북풍 소리에 이따금 몸을 뒤척이는 동안
괘종시계의 종은 벌써 세 번이나 운다

III

쨍한 푸른빛

푸른빛이 쨍하게 차갑다
금방 깨져버릴 것만 같다

산골 외딴집 처마 끝에 매달린
고드름들 사이로 흐르는
실내악의 경쾌하고 쌉싸름한 선율

등 뒤에서 누가 볼륨을 더 높인다
간간이 현악기 선율에 포개지는
탬버린의 투명한 소리

순간, 고드름 하나가 섬돌에 떨어져
산산조각, 깨져버린다
멧새들이 황급히 날고

얼음장처럼 차가운 하늘도
깨질 듯 쨍한 푸른빛이다

연잎의 물방울

연못 한 모퉁이 연잎에
물방울들이 글썽이며 맺혀 있다

아침 햇살은 모데라토로 내리고
그보다 조금 느리게
헤엄치는 떡개구리 두어 마리

포물선을 그릴 듯 말 듯
멧새들이 가세해 고요를 흔든다

그 광경이 가관이라는 듯이
연잎 그늘에 엎드린 두꺼비 한 마리
느리게, 아주 느리게 눈을 껌뻑인다

나는 안간힘으로
물방울 속에 들어가보려고 애를 쓴다

그럴 수는 없지,라고 말하듯

물방울들이 굴러떨어진다
그사이 햇살이 꽤 두터워졌는가 보다

연꽃들이 환한 얼굴로
우두커니 서 있는 나를 올려다본다

아침 숲길

이른 아침, 나무들의 어깨에는
힘이 잔뜩 들어가 있는 것 같다
늘 서 있던 자리인데도
밤이면 그 자리마저 낯설어졌던 탓인지

밤새 달빛과 별빛 쪽으로
팔을 뻗어서 그런 건지
햇살이 막 뛰어내리기 시작했는데도
여태 몸이 덜 풀려서 그런지도 모른다

숲길에 들어선 나도 한가지다
이불 박차고 일어나
신발 끈 조이고 숲길에 들었는데도
간밤의 악몽이 떨쳐지지 않아 이런 걸까

팔을 뻗으며 아무리 몸부림쳐도
수렁으로 빠져들기만 하던 그 악몽,
나무들 사이로 어른거려 자꾸만

저절로 어깨에 힘이 들어가는지도 모른다

—어깨의 힘은 빼야만 하는데……

삼복염천

길 몇 가닥이 나뒹굴고 있다
삼복더위 절정의 하오 한때,
오랜 세월 오가서 낯익은 길들인데도
마치 누가 무참하게 내팽개쳐놓은 듯,
길들이 발버둥 치고 있다
사람들이 하도 많이 다녀 빤질거리는데도
언제 그런 때도 있었느냐는 듯,
침묵을 깊이 끌어안은 채

땡볕 아래 필사적으로 몸부림치고 있다
좌우로 격렬하게, 또는 상하로 느리게,
때로는 좌판에서 녹아나는 엿가락처럼
늘어져서도 안간힘 쓰고 있다
늙은 회화나무 그늘에 우두커니 앉아
풀릴 대로 풀어진 나를 들여다본다
내 안의 길이란 길들도 죄다 녹아내린 듯
흐릿하게 이지러져 있다

하강과 상승

궂은비 그치고 내리쬐는 햇빛,
엎드린 바위들은 젖은 등을 치켜든다
산길로 접어들면서
마음 내리고 비워내는 동안
갈참나무 숲에서는 멧새들이 날아오른다

햇빛은 뛰어내리며 대지를 비추고
나무와 풀 들은 하늘로 팔을 뻗는다
비 개고 날이 맑아져
내려오고 올라가는 모습이 하나같이
따스하고 투명해 보인다

누군가 내 등 뒤에서 투덜거린다
궂은 세상도 밝고 맑게 개야 한다고,
위에서는 내려오고
아래서는 올라갈 수 있어야만 한다고,
하강과 상승은 본디 한 쌍이라고,

분수(噴水)

한 중심에서 솟아오르며
다시 그 중심으로 되돌아가는 물,

물줄기는 언제나
출발점에서 줄기차게 뛰어오르다가
이내 다시 되돌아간다

하지만 물줄기는 곧바로
망치가 모루를 강타할 때처럼 튕겨 오른다
새롭게 허공으로 솟구친다

세상의 모든 말들은
당초 한 중심에서 비롯됐겠지만
이내 그 심연으로 되돌아가고 만다

나는 이 세상 한 외진 데서 꿈을 꾸듯
분수 하나를 그러안는다

미망(迷妄)

가만히 앉아 있으면 내가 자꾸 작아진다

작아지고 작아지다가 점이 된다

점이 점점 더 조그마해진다

눈 뜨지 않고 앉아 있으면

보일 듯 말 듯하던 점 하나

차츰차츰 더 커지기 시작한다

구르는 눈덩이처럼 자꾸 더 커진다

또다시 감당하지 못할 정도로 무거워진다

은목서(銀木犀)에 홀리다

시월 하루, 날 저물 무렵
은목서 곁에서 차마 발길 돌리지 못해
멍하니, 마냥, 흔들리고 있네
온 길도 갈 길도 다 내려놓고
가는 시간도 붙들어 앉히고 싶어지네

초록 넓은 잎사귀들 사이에 숨듯 말 듯
환하게 피어오른 은목서의 은빛 꽃잎들,
은은하고 부드러운 향기가
온몸 감싸 안아 앉아 있게 하네

—홀린 듯 그윽한 이 황홀

눈 지그시 감고 나를 들여다보면
그 향기 비단 옷자락 펄럭이며 날아가네
산 넘고 강을 건너 꿈결인 듯 아득히,
날개도 없이, 날아오르고 있네

눈을 뜨면 언제나 그 자리인데도
넋이 나간 듯, 넋을 부르듯,
그 향기에 빠져 흔들거리고 있네
갈 길도 온 길도 다 잊어버린 채
저문 날 은목서 곁에 그대로 묶여 있네

한발(旱魃) 1

늙은 개가 나무 그늘에 엎디어 졸고 있다
아스팔트를 녹이며 뛰어내리는 땡볕이
도로 튕겨 오르는 한여름 한낮

바람도 낮잠에 빠져들었는지, 기척 없고
잎사귀 가득 단 나무들은 어깨 축 처진 채
곧 드러누울 듯이 서 있다

챙 넓은 모자에 얼굴 가린 꼬부랑 노파가
힘겹게 빈 유모차를 밀며 골목길로 접어든다
담장엔 안간힘으로 매달려 시드는 능소화들

높다랗게 눈 따가운 하늘 궁륭 아래
힘이 펄펄 넘쳐나는 건
오로지 불볕밖에 더 있기는 할는지

가문 하늘은 마치 정적의 윗가장자리,
아래로 꺼져 내릴 것만 같은 대지는

그 아랫가장자리 같다

이 한때의 정적은 말라비틀어진 고체 같고,
그 각단의 시간조차도
온몸이 통째로 마비돼버릴 것만 같다

한발(旱魃) 2

마을 초입에 기우뚱 서 있는
돌탑 하나,
그 옆에는 등 굽은 소나무 몇 그루,
곧 말라버릴 것 같은 개울에는
물고기들이 파닥거리고 있다

낯설지만 낯익은 듯한 마을에 다가가자
기우제 지내고 막 돌아오는 노인들일까,
축 처진 어깨와 느린 걸음걸이,
주름 깊은 구릿빛 얼굴엔 표정들이 없다

비가 한 차례 쏟아지려는지
마른하늘에 번득이는 번개와 천둥소리,
길가에 엎드려 혓바닥 내민 채 헐떡거리던
개 한 마리가 쏜살같이 달아난다

찬물 한 잔 단숨에 들이켜고,
자동차 라디에이터에 가득 물을 채운다

목이 말라 잠시 깃든 마을을 나설 무렵
천둥도 멎고
염천은 더더욱 기승이다

한발(旱魃) 3

한낮에 불현듯 하늘이 잿빛이다
달아오른 땅에 빗방울 뚝뚝 떨어지고
나무들이 제 발치를 멈칫 내려다본다
개미 떼가 일렬종대로 발걸음을 재촉하고
새들의 날갯짓도 날렵해진다

한 차례 요란한 천둥소리,
어딘가 숨었던 번개가 화들짝 불을 켠다
도대체 얼마 만인가
타들어가던 풀들도 정신이 번쩍 드는 듯
깨금발로 서서 허공을 쳐다본다

순식간에 굵은 빗줄기가
거기가 어디든 인정사정없이 강타한다
불 켠 자동차들이 빗물 튀기며 질주하고
속옷까지 흠뻑 젖은 사람들 몇이
정신 나간 듯 이리 뛰고 저리 뛴다

하지만 이 이벤트도 잠시 잠깐,
금방 얼굴 확 바꿔버리는 변덕쟁이처럼
순식간에 쨍해진 하늘,
이글거리는 땡볕이
거기가 어디든 인정사정없이 강타한다

신발

요즘은 신발이 무겁다
무겁지 않은 신발을 신었는데도 무겁다
몸보다 마음이 더 무겁기 때문인지,
생각들이 얽히고설킨
실타래 같아서인지,

아파트를 벗어나 산길로 접어든다
길을 버리고 길 아닌 길에서 헤맨다
몇 번이나 방향감각을 잃어도
마음만은 한결 덜 무거워진다

우거진 나뭇가지 사이로 보이는 하늘,
어디론가 천천히 가고 있는 구름,
소슬바람이 옷자락을 흔든다
신발을 벗고 바위에 걸터앉아 눈을 감는다

햇살이 따스하게
마음까지 어루만지고

산골짜기의 나직한 물소리,
이따금 경쾌한 멧새 소리들이
벗어놓은 신발에 넘쳐나도록 괸다

그의 깃발

그는 자기만의 깃발을 내걸고 간다
아침이면
마음의 꼭대기에 아스라하게 매달고
같은 보폭으로 걸어간다

가고 싶은 쪽으로 깃발이 나부끼도록,
안 가고 싶은 쪽으로는 절대 안 가겠다는 듯,
완강한 걸음으로 나아간다

길 위에서 길을 잃고 헤매거나
갈 수 없는 길이 멀리 가물거릴 때도,
누가 등을 떠밀거나
가지 말아야 할 길이 아무리 끌어당겨도,
오직 자기의 깃발만 좇아간다

낭떠러지로 떨어질지 모르는데도,
설령 모든 걸 잃어버릴 수 있는 길일지라도,
흔들림 없이 그대로 나아간다

누가 뭐래도 결코 내리지는 않는
그의 오래된 깃발 하나,
날이면 날마다 그 기치 떠받들고
그만의 외길을 트고 닦으며 간다

느릿느릿

밤이 더디게 깊어간다
아파트 창의 불빛들이 하나둘 꺼지고
멀리서 개 짖는 소리

달빛이 서늘하게 흘러내린다
별들도 슬며시 내려올 것만 같은데
점점 또렷해지는 풀벌레 소리

아파트 입구에는 술 취한 사람 몇이
혀 꼬부라지는 소리로 풀리다 엉키다가
뿔뿔이 흩어져 간다
제각각 그림자도 갈지자다
나도 저토록 취해 오락가락
눈앞의 집을 찾아 헤맨 적 있었던가

낙엽이 발등에 시나브로 떨어진다
나도 집으로 돌아가야 할 텐데
왠지 잠이 좀체 오지 않을 것 같다

나무 아래서 느릿느릿 내 속으로
들어가다가 다시 되돌아 나온다
마음만 느릿느릿 집 쪽으로 가고 있다

어떤 연민

자주 마음 바꾸고
얼굴 자주 바꾸는 사람들이 부럽다고,

안 바뀌면 살아남기 어려운 세태에
세상 파도 잘도 타는 사람들이 부럽다고,

곡예하듯, 잔머리 잘 굴리며
재주넘는 사람들을 보면 부럽다고,

시시때때로 몸 색깔 바꾸는 카멜레온처럼
완장 색깔을 바꾸는,
얼굴 두꺼운 사람들이 부럽다고,

자기는 할 수 없는 일을 예사로 하면서
위풍당당, 막무가내,
잘나가는 사람들이 부럽다고,

볼일과 별 볼일 없는 일을 잘 가려

안면까지 확 바꾸는 사람들이 부럽다고,

자기는 죽었다가 깨어나도 못 할 일들을
척척 해내는 사람들이 정말 부럽다고,

푸념을 늘어놓는 친구 앞에서
먼 산이나 바라보며 말더듬이가 될 수밖에,

IV

강 건너 불빛

무거운 생각들 내려놓을 수는 없을까
이 목마름마저 한갓 부질없는 꿈일까
발을 빼려 하면 할수록
더욱 깊이 빠져드는 이 진창길
아무리 몸부림쳐도 건너지 못할 것 같은
저 강, 그 너머의 희미한 불빛

하지만 언젠가는 저 강을 건너야 할 텐데,
꿈속에서도 헤엄치고 또 헤엄쳐
저 불빛을 깊이 끌어안을 수 있어야 할 텐데,
무거운 생각들 다 내려놓게 될 때까지,
이 꿈속의 꿈을 이룰 때까지는
이 생각의 질긴 끈을 놓지 말아야 할 텐데……

〔불현듯 밤하늘을 가르는 전투기의 굉음,
무명(無明) 속 눈뜨기의 이 속절없음〕

안개길

집 나서는 길 위에 짙은 안개가 깔려 있다
간밤 악몽 속의 길이 되살아난 것 같아
잠시 머뭇거리는 동안
자동차들이 몇 대나 앞지르기로 달려간다
저들이 어디로 가는지는 알 수 없지만
그 대열에 나도 끼어들고 싶다

안개 속으로 한참 달리다 보니
잘 보이지 않던 길이 되레 선명해진다
진정 어디로 가야 할지는 모르지만
도처에 길들이 기다리기 때문일까
찾으려 하면 잘 안 보이지만 그냥 따라가면
길이 길들을 열어줘서 그럴까

생각해보면 나도 저 안개 입자의 하나,
길가에서 시들고 있는 한 잎의 풀잎,
물기 머금은 한 알 먼지에 지나지 않겠지만
가던 길 다시 멈추고 길을 더듬어 찾게 된다

언젠가는 모든 길을 다 내려놓아야겠지만
가야 할 길 찾아 또 안개 속을 헤매야 한다

오래된 골목길

오래된 골목길이 나뒹굴고 있다
낡고 해져버린 신발, 그 헌 신발짝 같다
숱한 세월 내 발길이 닿지 않아 그런지
우거졌다 그대로 마른 풀들을 끌어안고 뒹군다

스산한 초겨울 바람이 옷자락 흔들듯이
옛 기억들을 일으켜 줄을 세우는 저 골목길,
뒹굴면 뒹굴수록 더욱 선연하게
꿈길처럼 떠오르는 기억의 사방연속무늬

나는 왜 눈물 많던 그 시절을,
그토록 오래 지우려 애쓰던 그 고향을,
왜 이다지 눈물겹도록 끌어안게 되는지
그 시절 그 골목길을 새삼 걸어보려 하는지

낙향한 아버지 일찍 돌아가시고 풍비박산,
가세가 기울어 한 치 앞이 보이지 않아도
해종일 하늘 우러러 쏘다니던 저 좁다란 길,

입술 깨물며 먼 꿈을 꾸던 그 푸르던 길

사람들 발길이 끊겨버린 그 길 너머
빈집들이 이마 맞댄 채 허물어지고 있다
잡초들 쓰러져 얽히고설킨 옛집 마당에 서면
옛 기억들만 길 아닌 그 길에 붐비고 있다

까마득한 기억이

—아버지, 아버지

까마득한 기억이 나를 찬찬히 들여다본다
미동도 없이 나는 그 자리에 서 있다
새들은 가까이 날아와 지저귀고
나무 몇 그루가 걸어가는 시늉을 한다

기억은 밝은 눈을 가졌다
강산이 너무나 바뀌었는데도 그대로다
밤이 되자 고성능의 서치라이트를 켠 듯
내가 깃든 숲 속을 낱낱이 비춘다

한 소년이 흐느끼고 있다
하늘이 무너지고 땅이 꺼져내리듯
서럽게, 서럽게 울고 있다
싸늘한 목관 위에 엎드린 소년의 등 뒤에
흩날리는 눈발, 눈발……

아버지, 아버지, 가시다니요
어린것들 두고 정녕 떠나시다니요

살아갈 날들이 막막하고 아득하기만 해
입술 깨무는 그 장면을
정지된 화면처럼 기억이 들여다보고 있다

기억은 변하지 않는 가슴을 가졌다
강산이 너무나 바뀌었는데도 마냥 그대로다
밤이 이슥해도 하염없이
그 한 순간을 그러안고 있다

까마득한 기억이 나를 찬찬히 들여다본다
미동도 없이 나는 그 자리에 서 있다
새들은 둥지에 든 뒤 기척 없고
나무 몇 그루가 아주 가까이 숨죽이고 있다

다시 술타령

서랍을 정리하다 찾은 사진 한 장,
낡은 서류 틈에 끼어 오랜 세월 잠자던
사진 한 장이 울컥, 눈물 쏟게 한다

어린 아우와 어머니 곁에서 활짝 웃고 있는
반세기 전 어느 하루,
헐벗어도 따스했던 그 하루의 한 순간

이젠 저 머나먼 밤하늘에
그러안듯이 반짝이며 떠 있는 두 모자별,
술주정하는 아들별의 등을 연신 쓸어내리고
다독이시는 어머니별

귀가 순해진 지도 이미 오래됐건만
그 한 순간이 너무 아려 울음 터뜨리는 나를
저 모자별은 뭐라며 내려다보고 있을까

어머니 품이 그리워 홀연 떠나버린지도 모를

천하 술꾼 아우가 너무 야속하기만 해
술이 술을 당겨 취해버린 밤

사진을 들여다보다, 밤하늘을 올려다보다가
술이 나를 다 마셔버리도록
이슥해진 이 세상의 밤

아우 가족

아우 가족이 뿔뿔이 흩어졌다

아버지는 다른 세상으로 가고
아들은 프랑스 파리로 가고
딸은 서울 가고
어머니는 부산에 남아 있다

아버지는 거기서도 술잔 기울이고
아들은 철학과 영화 공부하고
딸은 심리학 공부하고
어머니는 영시 강의를 하고 있겠지

만나면 헤어져야 하고
헤어지면 다시 만나게 된다지만
너무 일찍, 멀리 이 세상 버리고 떠난
아우가 무정하고 야속하다

오늘은 유난히 잠이 오지 않는다

너 보고 싶어

너 보고 싶어

밤 깊도록 강가에 서서

아득한 하늘을 올려다본다

불러도 불러도 무심한 허공,

별 하나 저토록 유난히 반짝인다

강 건너 저편 하늘과 이 땅 사이,

저 별 하나와 여기 나 사이,

바람이 차갑게 갈라놓아도

너 더듬어 가는 마음은

이토록이나 붉다

입암리 처가 고택

입암리* 처가 고택은 빈집이다
아무도 살지 않아 대문이 닫혀 있어도
불청객들이 문전성시다
오랜만에 들어서니
단골뿐 아니라 뜨내기들로 북새통이다
담장 아래 목단꽃 작약꽃 줄대꽃 들이
제멋대로 흐드러지거나 시나브로 지고
텃밭과 마당에는 온갖 잡초들이 뒤엉켜 춤을 춘다
벌과 나비 들이 때를 만난 듯 날아들고
바삐 뛰어다니는 쥐새끼들,
응달에는 지렁이가 어슬렁거리고 있다
시도 때도 없이 뒷산 멧새들도 끼어든다
지붕의 골기와 사이로 얼굴 내민 작은 풀꽃들이
뜬구름과 함께 이 광경을
내려다보고 있는 것일까
뻐꾸기는 이따금 안 보이는 데서 반주를 넣는다
몇 해째 살거나 보살필 사람이 없어
허공처럼 텅텅 비어 있는 이 큰 골기와집은

아직도 멀리 대처에 사는 주인을
기다리기나 할까
대문의 자물통마저 녹슬어도 가슴 활짝 열어
뜨내기들이나 불러들이는지도 모른다
백수가 머잖은 이 집 주인 내외분은
고층 아파트와 요양원으로 나뉘어
따로따로 꿈속에서만 이따금
이 집의 대문과 방문을 여닫으실 것이다

* 경북 포항시 북구 죽장면에 위치한 마을.

무늬 화백(華白)

서녘 노을 붉게 물들 무렵, 산길에서 우연히 만난 옛 친구가 요즘 무얼 하며, 어떻게 사느냐고 묻는다. 남들은 화백*이라고 불러주기도 하나, 할 말이 궁색하다. 백수이면서도 늘 쫓기고 바쁘지만, 무늬만 그래서다. 앞날이 불투명해도 돈을 조금은 벌기 때문에 문화예술 관련 날품팔이라고 말하려다가 그만둔다.

부부가 받는 연금으로 생활에는 구김살이 없다는 그는 헤어질 때가 가까워지자 또 말을 건다, 늘 바쁘게 사는 것 같은 내가 부럽다며, 시집 한 권을 내면 얼마쯤 버느냐고 묻는다. 할 말이 더더욱 궁색하다. 시는 돈이 안 되고 명예도 안 된다고 말하려다가 역시 그만둔다.

얼마 전에 부부가 함께 유럽 여행을 다녀왔다는 그는 등산도 이젠 지겹다며, 하루하루 시간 죽이기가 두렵단다. 내가 먼저 시간 여유가 넉넉한 날 전화할 테니 언제 술자리 한번 가지자고 선수 치며 손을 내민다. 밤 행사에 나가야 얇은 봉투라도 받을 수 있는 날이기 때문이다.

* 시쳇말로 '화려한 백수'의 줄임말.

가을 아침에

안개 걷히고 햇살이 두터워진다
창문 열고 얼굴을 내밀어본다

마치 갓 씻은 얼굴인 듯한 앞 산자락이
느리지 않은 걸음으로 다가오는 것만 같다

이름 모를 멧새 한 마리가
불현듯 눈앞을 휙, 스쳐 지나간다

유난히 무덥고 지루했던 여름
마른장마, 긴 폭염과 열대야……

이제야 밀쳐둔 일들 생각이 고개 쳐들고
얽히고설키듯 머릿속을 메운다

책상에 앉아 노트북을 켜며
담배 연기 몇 모금 깊숙이 빨아들인다

창문으로 드나드는 바람이 제법 서늘해
면 하늘을 몇 번이나 올려다본다

별 볼일 없이 바쁘고, 돈도 명예도 안 되는,
그런 일들이 천생 내 몫인가 보다

허공을 헤매듯 마음은 쫓기면서도
제 길에 든 듯 불편하지만은 않다

오십소백(伍十笑百)

길을 한참이나 걸어가다가
어디로 가고 있는지,
막막해질 때가 있다
집을 나서기 전에는 분명 방향을 잡았는데
왜 그 방향으로 가고 있는지,
무엇을 찾아 길을 나섰는지조차 한심스러워져
발길을 되돌릴 때도 있다

갈 길이 문득 보이지 않거나
가는 길이 한심스러워
멈추거나 돌아설 때도
오십소백, 그게 그거라는 생각,
떠나는 게 되돌아오는 것이며
되돌아오는 게 곧 떠나는 것이라는 생각이
왜 자꾸만 앞장서서 길을 흔들어놓는지

나들이옷을 벗고 창가에 우두커니 앉아 있으면
괘종시계 소리가 유난히 귓전을 때린다

가도 가도 가야 할 길밖에 없어
앞으로 앞으로만 가고 있는 시간과
가도 가도 제자리걸음인 내가
가기는 분명 가고 있는
이 세상 희미한 길이여

어떤 연인들

달빛 환한 마을 공원 통나무의자에
젊은 연인들이 이마 조아리며 마주 앉아 있다
지나치려다가 몇 번 뒤돌아봐도 마냥 그대로다

두 사람은 은밀하게 공모라도 하듯이
말보다는 말하지 않은 말에 귀를 기울이는지,
서로 말하지 말라고 말없이 말하고 있는지,
침묵으로 그들만의 길을 트고 있다

누군가가 말 없는 말들만이
사랑의 수은주를 올라가게 한다고,
마음이 하나로 트일 때 그 길이 환히 열리고
시간의 흐름에서마저 벗어나게 한다고 했던가

그들에게는 멎어 있는 듯한 시간을
멈춰 서서 지그시 끌어당겨 들여다본다
끝내 아무 소리도 내지 않는 말만이
마음과 마음이 포개지는 온도를 높이는 걸까

불현듯 뇌리를 스치는 샤를 페기*의 오래된 말,
"함께 침묵할 줄 알 만큼
서로를 사랑하는 두 친구는 행복하여라"

* 프랑스의 시인 겸 사상가.

설중매(雪中梅)

눈 내리다 그친 입춘 무렵 한밤중
흰 눈꽃들 속에 새치름
젊은 여인 입술 빛깔 같은
꽃잎을 터뜨리는 매화나무

달빛도 차가운 산발치 외진 마을
눈 덮인 돌담 아래
오는 봄을 탱탱하게 끌어당기듯이
가슴에 불 활활 지피는
저 눈 속의 꽃

가까이 다가가 와락 끌어안고 싶어도
차마 그럴 수 없는,
청초하고 고아한 여인 같은 꽃이여
몽매에도 못 잊을 그 사람이여

우리 풀리비에

길을 나서면 부드럽게
어깨와 등을 다독여주는,
먼 길 돌아 무겁게 깃들일 때도
싱그러운 풀빛으로,
넉넉한 가슴으로,
우리를 품어 안아주는 집

아름다운 꿈에 언제나
푸른 날개를 달아주는,
가족도 이웃도 둥글게 하나 돼
따스하고 밝고 맑고 그윽한
새 세상을 꿈꾸는,
풀빛 속의 나의 집

풀잎 위의 이슬같이
풀잎 위에 내리는 햇살같이
우리의 꿈길을 열어주는 집

어느 새벽
—일본 나루토에서

꼭두새벽에 잠 깨어
—나는 왜 낯선 데서는 세 시간도 못 자지,
속으로 투덜거린다
욕조의 따끈한 물에 마음까지 한참 푹 담갔다가
잠옷 바람으로 전원을 넣고 노트북을 켠다

느닷없이 방이 아래위로 요란하게 흔들린다
초조하게 구석자리에 쪼그리고 앉아
창밖에서 어슴푸레 불빛 받는 바다를 내다본다
—쓰나미가 아니라 그나마 다행이군

공포의 순간이 지나고 방을 뛰쳐나와
엘리베이터 버튼을 누른다
작동이 되지 않는다
계단을 따라 황급히 내려가는 동안
무슨 말인지, 자체 방송의 차분한 목소리—
호텔 로비엔 사람들이 잠옷 바람으로
몰려나와 웅성거리고 있다

리히터 5의 지진으로, 여진은 없을 거라고
누군가 우리말로 귀띔해준다
고베 지역에서는 18년 만의 지진이라고도 한다
끽연 구역에 우두커니 서서 줄담배를 피우는 사이
날이 밝고, 이름 모를 새들이 지저귀기 시작한다

얼마 전 고베의 지진박물관에서 본
참사 장면들이 자꾸만 눈앞에 어른거린다
누군가 등 뒤에서 담배 연기를 내뿜으며 말한다
— 모든 게 한순간이여, 그 한순간 차이뿐이여

참꽃 천지

이른 봄날의 이 뜨거운 화두,
연분홍빛 야단법석이다
비슬산 자락은
겨우내 참고 참았던 말을
온몸으로 토해내고 있는 걸까

제 행색이 을씨년스럽다는 듯
낮달은 희멀겋게
물 길어 올리느라 숨 가쁜 굴참나무
빈 가지 사이로 숨고,
간간이 추임새를 곁들이는 소쩍새

나도 덩달아 마음 뜨거워
아지랑이 위로 날개를 다는 동안
멧새들은 일필휘지, 하늘로 솟구친다
비슬산 자락은
그야말로 온통 참꽃 천지다

후주곡(後奏曲)

또 하루 해가 저문다
앞서 가는 사람의 펄럭이는 옷자락,
잠시 멈춰 서자 몇 잎
능소화 꽃잎이 뚝뚝, 발등에 떨어진다

이름 모를 작은 새들이 바삐 스치는
담장 길을 돌아 느릿느릿 걷는다

집 가까이서 눈을 감고
내 속으로 걸어 들어간다

걸어온 길도 가야 할 길도
안개 속인 듯 희미하게 흔들린다
작아지고 작아지던
내 속의 내가 다시 떠밀려 나온다

평화를 위하여
—노랫말

평화의 새로운 길을 더듬어 꿈꾸며 나아가리
이 시대의 아픔과 어둠에 불 하나 밝혀 들고
너와 나 따스한 마음, 우리의 평화를 위하여
산을 넘고 강을 건너서 드넓은 바다로 가리
봄 여름 가을 겨울, 언제 어디서나 변함없이
서로가 서로에게 빛과 소금이 되기 위하여
너와 나, 우리 모두 가슴 열고 달려가야 하리

평화의 새로운 길을 더듬어 꿈꾸며 나아가리
이 시대의 아픔과 어둠에 불 하나 밝혀 들고
너와 나 따스한 마음, 우리의 평화를 위하여
장막 헤치고 벽을 넘어서 밝은 내일로 가리
바람 불고 비 내리고 눈보라가 휘몰아쳐도
나누고 베푸는 세상, 넉넉한 세상을 위하여
너와 나, 우리 모두 손 맞잡고 달려가야 하리

자연은 언제나
—노랫말

꽃들이 피어나고 새들이 노래하네
송사리 떼 노니는 맑디맑은 시냇물
구름 그림자 슬며시 내려와 발을 푸네
시냇가엔 아이들의 해맑은 웃음소리
산꿩도 이따금씩 추임새를 넣어주네
자연은 언제나 우리의 넉넉한 품속
풀들도 나무들도 반갑게 맞이해주고
공해에 찌든 몸과 마음 보듬어주네
자연은 언제나 우리의 넉넉한 품속
꽃들도 새들도 아름다운 노래 부르며
인간사 모든 시름 따스하게 녹여주네

* 짙은 글씨 부분은 반복(후렴).

|해설|

예술과 자연, 하나 되다

김주연

1

"자연은 신을 숨기고 있다. 그러나 누구에게나 다 그런 것은 아니다."[1] 괴테의 말이다. 교회 신자였는지 기독교인이었는지 그 자체가 불분명하기는 하지만, 괴테는 최소한 무신론자는 아니었다. 그렇기는커녕 그는 작품 도처에서 신에 대한 강한 믿음을 내비치고 있는데, 특히 자연과의 관계에서 그 생각은 분명하다. 일반적으로 신의 존재를 증명하는 방식 가운데 존재론적 방법과 계시론적 방법이 있다면, 자연이 신을 숨기고 있다는 발언은, 말하자면 계시론이다. 괴테는 계시론적 차원에서

1) 괴테, 『잠언과 성찰』, 장영태 옮김, 유로, 2014. p. 7.

는 곳곳에서 신의 존재를 증거하였으나 현실 기독교와의 관계에서는 그 일체성에 회의하였고, 자신을 기독교인으로 고백하는 일에는 특히 주저하였다. 자신의 죄로 인하여 애인 그렛헨이 죽어가는 모습을 보면서도 성실한 교인이 되어달라는 그녀의 부탁을 적극적으로 받아들이지 못했던 파우스트의 갈등이 가장 전형적인 그 실례라고 할 수 있다. 그럼에도 『잠언과 성찰』에는 신과 인간에 대한 진지한 고뇌가 담겨 있으며, 특히 자연에 대한 깊이 있는 탐구는 자연을 백안시하고 파괴해온 근대의 무신론적 행태를 앞서서 내다보는 경고와 우려로서 의미 있게 읽힌다.

시력 40년의 중진 시인 이태수의 시집 『침묵의 결』은 나에게 『잠언과 성찰』에 담긴 여러 진술들을 상기시키면서 신과 자연, 자연이 함축하고 있는 언어, 인간의 언어와 비인간의 언어 등 이 세계의 본질과 현상에 대한 많은 문제들을 불러놓는다. 시인은 말한다.

> 내 말은 온 길로 되돌아간다
> 신성한 말은 한결같이
> 먼 데서 희미하게 빛을 뿌린다
> 나는 그 말들을 더듬어
> 오늘도 안간힘으로 길을 나선다
> 하지만 아무리 애써보아도

그 언저리까지도 이르지 못할 뿐
오로지 침묵이 그 말들을
깊이깊이 감싸 안고 있다
〔……〕
내 시는 되돌아간 데서 다시
되돌아오는 말을 향한 꿈꾸기다
침묵에서 다른 침묵으로 가는
초월에의 꿈꾸기다

—「시법(詩法)」 부분

서시에서 밝히고 있는 시인의 소망은 '신성한 말'이다. 그러나 그 말은 멀리서 희미한 빛을 보일 따름이어서 시인은 안간힘으로 그저 길을 나설 뿐이다. 그럼에도 시인은 그 언저리에 이르지 못하고 침묵만이 그 말을 감싸고 있다고 고백한다. 신성한 말 찾기, 그것은 과연 가능할까. 이태수와 더불어 그 길에 나선다. 총 네 부분으로 구성된 시집에서 이와 관련하여 중요한 시사를 던지고 있는 시들은 II에 집중되어 있는 느낌이다. 몇 대목을 살펴본다.

앞마당의 계수나무 빈 가지에
앉아 있는 멧새 한 마리
차츰 짙어지는 어둠살 뒤집어쓰며

지저귀기 시작한다

—「멧새 한 마리」 부분(이하 강조는 필자)

말하지 않으려는 말이 들썩인다

입 꽉 다물어도 **입술을 치고 나오려 한다**

—「새봄은 어김없이」 부분

봄은 **정적(靜寂)을 밀며** 다시 돌아온다

언 땅을 헤집으며 꼬리 흔드는 버들강아지,

〔……〕

벌거벗은 나무들이 머잖아

정적에 갈무리한 잎들을 일제히 밀어 올리겠지

〔……〕

모자를 벗어 든 사람들 몇이

오는 봄의 리듬을 타고 **콧노래 부르며** 간다

—「봄맞이」 부분

잎이 돋아나고 꽃잎들이 **터져 나온다**

안으로만 소리 지르듯

하늘로 팔을 뻗는다

—「봄, 봄」 부분

소리 없이 동이 트고, 아침이 온다

나무들은 하늘로 팔을 뻗는다
〔……〕
소리 없이, 세상은 잰걸음으로 돌아간다
요란하기보다 **아무 소리도 내지 않을 때**
세상은 더더욱
아무 소리를 내지 못하게 한다
〔……〕
온 길로 **소리 없이 되돌아가는** 말들을
붙잡아보다가 놓아버리는 이 빈손

—「빈손」 부분

다소 긴, 앞의 인용된 시들은 한결같이 말-소리-언어의 움직임을 그 중심에 놓고 있다. 먼저 「멧새 한 마리」에서 그것은 "지저귀기 시작"하는 멧새 한 마리와 더불어 시작한다. 새가 지저귀는 것을 '노래'로 파악한 시인은 노래-소리-말의 위력을 "제 노래 속에/몸을 숨기고" 있는 것으로 생각한다. 그만큼 멧새의 존재감은 그 노래, 즉 말을 통해서 알려진다.

멧새는 **제 노래 속으로** 날아가버리고
바람만 느리지만은 않게
빈 나뭇가지를 흔들고 있다

말을 통해서 구현되는 존재는 새에서만 나타나는 것이 아니다. "이른 봄, 성급하게 부푼/개나리나 산수유 꽃망울들" 같은 식물들도 마찬가지로 발언한다. 그 발언을 시인은 "말들이 자꾸만 입 밖으로 터져 나오려 한다"고 표현함으로써 공개하는데, 요컨대 그것은 봄의 도래에 대한 증언인 것이다. 봄 역시 소리를 통해서(소리를 내지 않으려고 하는 소리!) 오고 있는 것이다. 이 모두 자연의 신기한 음성이다. 「봄맞이」에서 이러한 상황은 아예 "봄은 정적(靜寂)을 밀며 다시 돌아온다"고 함으로써 소리와 자연의 본능적 관계가 그려진다. 자연은 잎과 같은 식물이든지 새와 같은 동물이든지 소리를 냄으로써 살아 있음을 드러내고 자신의 계시적 성격을 과시한다. "오는 봄의 리듬을 타고 콧노래 부르며 간다"는 구절은 그 생명성을 가장 역동적으로 보여주면서, 밝은 앞날을 예시한다.

말을 본질로 하는 자연의 소리가 지닌 계시적 성격은 이태수 시집 도처에 깔려 있는데, 「봄, 봄」에서 이미 그 편린이 나타난다. "꽃잎들이 터져 나온다/안으로만 소리 지르듯/하늘로 팔을 뻗는다"는 표현은 대표적인 묘사다. 하늘로 팔을 뻗는다는 말은 "안으로만 소리 지르듯"이라는 비유와 함께 나옴으로써 잎이 돋아나고 꽃잎들이 터져 나오는 봄의 기운이 지닌 내재적 폭발의 힘에 대한 설명으로서 의미를 띤다. 봄의 생명, 그 긴장감은 지상의 그 어떤 것으로도 묘사의 한계를 지닌다는 뜻이리라. 그것은 동시에 언어의 한계를 뜻하면서, 자연의 언어는 인간/지상의 그것을 초월하는 계시성과 연결됨을 말해준다. 이태수가 서시에서 "침묵에서 다른 침묵으로 가는/초월에의 꿈꾸기"라고 말했을 때, 그는 이미 인간적인 표현, 언어에 대한 절망을 예감한 것이 아니었을까.

인간의 언어는 근본적으로 그것이 지시하는 대상과 어떤 등가적인 관련성의 그물 안에 있다. 물론 이러한 의미의 포박 상태는 철학적/문학적으로 회의되면서 끊임없는 물음을 낳아왔다. 가령 릴케가 그의 '두이노 비가' 연작에서 '해석된 세상'에 대해 개탄, 절망했을 때,[2] 그것은 결국 해석된 언어에 대한 절망 아니었겠는가. 사물을 바라볼 때 인간적인 시각을 최대한 배제하고 사물 자체에게 돌아가자는 이른바 '사물시'를 릴케가 주창한 것도 사물, 혹은 존재의 고유한 언어성을 회복시키고 싶었던 열망이었고, 거기서 어떤 신성을 발견하기도 했다. 이태수의 경우 그 열망은 매우 조용하게, 그러나 집요하게 번져가면서 사물의 근원에 접근한다. 그 결과 발견된 것은, 근원의 형성과 변화는 "소리 없이" 이루어진다는

2) "아, 우리는 대체 누구를 이용할 수 있단 말인가? 천사도 아니고 사람도 아니다. 명민한 짐승만이 우리가 이 해석된 세상 속에서 그렇게 집처럼 안주할 수 없다는 사실을 벌써 눈치채고 있다." R. M. Rilke, *Sämtliche Werke* bd. 2, Insel Verlag: Frankfurt, 1975, p. 685.

것. '정적'이 곧 그것이다. 앞의 시 「빈손」이 보여주듯이 "소리 없이 동이 트고, 아침이 온다"는 사실이 확인된다. 다시 한 번 인용해보자.

> 소리 없이, 세상은 잰걸음으로 돌아간다

마치 죽은 듯했던 자연—겨울. 그러나 그것은 정적이었을 뿐이었다. 봄은 이 정적을 밀어내고 "다시 돌아온다". 그렇다면 정적 속의 겨울에 자연은 무엇을 하고 있었나. "벌거벗은 나무들이 머잖아/정적에 갈무리한 잎들을 일제히 밀어 올리겠"다고 하지 않는가. 잎과 꽃이 피어나는 개화의 현상은 겨울—정적 속 갈무리의 결과인 것이다. 세상이 현란해 보이듯이 개화는 화려해 보이는 현상이지만, 좀더 중요한 자연의 현상은 소리 없이 이루어진다. 그렇기에 인간의 언어—사람의 말들은 "온 길로 소리 없이 되돌아"간다. 아울러 그 말은 붙잡아보려고 하여도 잡히지 않는 저 절대공간의 에테르와 같은 것임을 헛되이 인식한다. 그 말들을 "붙잡아보다가 놓아버리는 이 빈손"이라는 서글픈 깨달음은 릴케—현상학—실존주의를 거치면서 20세기가 누누이 겪어온 인간적 공리성의 무위 이외 달리 무엇이겠는가. 이제 말을, 언어를 놓아버릴 수밖에 없음을 시력 40년의 이태수 또한 인정하리라.

2

말을 놓아버린 시인— 그에게 이제 무엇이 남는가. 여기서 나는 기막힌 시 한 편을 만난다.

> 사람의 아들 예수와 산딸나무 십자가,
> 그 기막힌 골고다 언덕의 사연 때문일까
> 귀가 때도 어김없이 나를 굽어보는 산딸나무
>
> 늦봄에 흰 십자가 꽃잎턱에 맺히던 열매는
> 어느덧 영글어 검붉은 핏빛,
> 잎사귀들도 붉게 물들었다
>
> 산딸나무 꽃은 왜 꽃이 아니고
> 열매를 받치는 십자가 모양의 꽃잎턱일까
> 잎도 열매도 때 되면 성혈처럼 붉어지는 걸까
>
> —「산딸나무」 부분

말을 놓아버린 시인에게 나무 한 그루가 찾아온 것이다. 그것도 예수 십자가 나무로 쓰인 산딸나무— 그 나무는 시인이 오고 가는 길목에서 사라진 언어의 자리에 들어온다. 산딸나무는 여기서 두 가지 겹의 의미로 대두

되고 해석될 수 있는데 첫째, 자연이라는 의미, 둘째, 예수 십자가라는 역사성·상징성의 의미다. 물론 양자는 이 글 앞머리에서 언급되었듯이 서로 겹치는, 일종의 통합적 인유(引喩)의 성격도 지니지만 중요한 것은 그것이 언어의 자리를 대체하고 있다는 사실이다. 언어 대신 나타난 자연, 언어 대신 나타난 예수. 둘은 한몸이 되어 "붉게 물들었다". 그것은 어떤 뜻이 있는가. 시인이 내비치는 진술은 우선 "잎도 열매도 때 되면 성혈처럼 붉어지는 걸까"라는, 일종의 수사의문문 형태의 조용한 질문이다. 이어서 그는 단정하게 계속한다.

꽃 피우기보다 오직 열매를 받치기 위한
꽃잎, 그 받들어진 열매 빛깔 따라
붉게 타오르다 지고야 마는 잎들

집을 나서거나 돌아올 때마다
나보다 먼저 나를 굽어보는 산딸나무
단풍도 열매도 이젠 다 비워내려 하고 있다

'성혈'이라면 물론 예수가 십자가에서 흘린 피가 연상되고, 그 피는 인류의 죄를 대신하여 흘린 속죄양으로서 예수의 구속 사역으로 이어진다. 말하자면 산딸나무는 피 흘리는 예수의 모습대로 잎도 열매도 붉어지는 것이다. 그것은 자연의 언어다. 산딸나무는 붉어짐으로써 자신의 말을 하고 있는 것이다. 그 말은 비록 인간의 입을 통하고 있지 않으나, 인간이 그것을 잃어버렸을 때, 그 기능과 능력을 대체하고 능가하는 위력으로 그려진다. 특히 이 시의 결론처럼 주목되는 부분은 "꽃 피우기보다 오직 열매를 받치기 위한/꽃잎"이라는 대목이다. 자세히 살펴보면 이때 붉게 물들었던 것은 꽃잎 아닌 열매고, 그 열매는 꽃잎턱에 맺힌 것임이 발견된다. 꽃잎은 "오직 열매를 받치기 위한" 것이라고 하지 않는가. 그러나 그 붉은 열매도 "이젠 다 비워내려 하고 있다"라면서 시는 끝난다. '자연=신'의 거대한 언어와 그 겸손한 섭리, 혹은 질서가 조화롭게 마무리된다. 인간의 언어에 대한 절망이 자연/신의 언어에 대한 발견과 경이로 연결되는 자연스러운 발전이다.

그러나 이처럼 엄청난 메시지에 이르기까지 이태수는 일상의 주변에서도 자연의 자잘한 소리들을 민감하게 듣고 서정적으로 반응한다. 새소리는 이태수의 시에서 가장 빈번하게 들리는 그 모습이다.

> 깊은 밤, 이름 모를 새들이
> 창 너머 나뭇가지에 앉아 지저귄다
> 귀를 가까이 가져가보면 그 소리는
> 낮에 못다 부른 노래의 후렴 같다

어둠을 부드럽게 흔들어 깨워
따스한 이불 한 채를 지어보려는
주문 외는 소리 같다

—「야상곡(夜想曲)」 부분

맑은 아침, 새들이 떼 지어 난다
〔……〕
창문을 활짝 열어젖힌다
앞산 어디에선가 뻐꾸기가 울고

—「알레그로」 부분

이름 모를 새들이 어둠살 헤집으며
빈 나뭇가지에 앉아 나직나직 지저귄다

갑자기 나타난 까치 한 쌍
정적을 난타한다

—「새벽길」 부분

아침 햇살은 모데라토로 내리고
그보다 조금 느리게
헤엄치는 떡개구리 두어 마리

포물선을 그릴 듯 말 듯

멧새들이 가세해 고요를 흔든다

—「연잎의 물방울」 부분

눈은 하늘이 내리는 게 아니라

침묵의 한가운데서 미끄러져 내리는 것 같다

스스로 그 희디흰 결을 따라 땅으로 내려온다

새들이 그 눈부신 살결에

이따금 희디흰 노랫소리를 끼얹는다

—「눈〔雪〕」 부분

새들의 지저귐, 혹은 노래는 특이한 위상을 지닌다. 새들은 우리 주변에서 만나는 비근한 자연인데, 그들은 소리를 낸다. 즉, 말하는 것이다. 이런 현상은 자연의 언어가 침묵이라는 시인의 기본적인 인식과 견주어본다면, 사뭇 다른 양상이라고 할 수 있다. 그러니까 이태수에게서 자연은 두 가지, 다시 말해서, 말하는 자연과 말 없는 자연으로 나누어지는 것인가. II에 속한 앞의 시 「눈〔雪〕」은 이런 각도에서 중요하게 읽힌다.

시인은, 눈이 하늘 아닌, 침묵의 한가운데에서 미끄러져 내리는 것 같다고 적는다. 눈 역시 자연인데, 이 자연은 침묵의 자연이다. 자연의 언어는 침묵이라는 시인의 생각에 부합하는 표현이다. 그런데 다른 자연인 새들은 바로 그 눈에 "노랫소리를 끼얹는다". 이때 "끼얹는" 것은 눈의 침묵을 강화해주는 것일까, 아니면 훼방하는 것일까. 여기서 "희디흰 결"이라고 표현된 눈에 짝을 맞추어 새들의 노래가 "희디흰 노랫소리"라고 묘사된 점이 주목된다. 새들의 노랫소리에 색을 입힌다면 눈의 그것과 같다는 것이리라. 침묵의 강화 쪽으로 해석될 수밖에 없는데, 이러한 해석은 시의 진전에 따라서 더욱 확실해진다.

> 신기하게도 새들의 노래는 마치
> 침묵이 남은 소리들을 흔들어 떨치듯이
> 함께 빚어내는 운율 같다
> 침묵에 바치는 성스러운 기도 소리 같다

그렇다, 새들의 노랫소리는 침묵이 "함께 빚어내는 운율"이다. 침묵에도 운율이 있고, 침묵에 바쳐지는 기도라는 놀라운 인식이다. 말하자면 침묵도 언어이며, 그 언어는 성스러운 기도 같은 언어다. 말의 맞은편에 있는 침묵이 아니라 말을 껴안고 있는 침묵이다. 시인 자신의 말을 껴안고 있는 침묵이다. 시인 자신의 말대로 이러한 인식의 회로는 "신기하다". 새들의 노래는 그러므로 침묵의 신성을 돕는 역할을 한다. 그것은 노래이지만 침묵이다. 훤소(喧騷, 세상/인간)와 침묵(자연/신성)의 이원성을 매개하는 자리에 새가 있다면, 눈 역시 새의 자리와 멀리 떨어져 있지는 않다. 시의 끝 부분이 말한다.

하지만 눈에 점령당한 한동안은
사람들의 말도 침묵의 눈으로 뒤덮이는 것 같다
아마도 눈은 눈에 보이는 침묵, 세상도 한동안
그 성스러운 가장자리가 되는 것만 같다

자연/신성/침묵의 포괄항은 때로 시끄러운 인간 세상마저 뒤덮으면서 신성성의 세례를 준다. 그 기능을 눈이 하고, 새가 한다. 시야말로 그 기능을 가장 은밀하게 행하는 운명의 매개물 아닐까. 인간의 언어로 조직되어 있으면서도 끊임없이 신성을 환기시키는 이태수 시의 핵심은 결국 이러한 명제 둘레를 맴돈다. 인간의 언어 쪽에서 자연의 언어를 바라보면서 '침묵'이라는 벽을 지나가는 시인 자신의 모습을 그린 다음의 시는 흥미롭다.

한 중년 남자가 저만큼 간다
헐렁한 모자에 얼굴 깊숙이 파묻은 채
호주머니에 두 손을 찌르고 걸어간다
나는 잃어버린 말, 새 말 들을 더듬으며
유리창 너머 풍경들을 끌어당긴다

침묵은 이내 제 길로 되돌아가고

봄 아침은 또 어김없이
그 닫힌 문 앞에서 말을 잃게 한다
빗장은 요지부동, 안으로 굳게 걸려
문을 두드릴수록 목이 마르다
새 말, 잃어버린 말 들은 여전히
침묵의 벽 속에 가부좌 틀고 앉아 있다.

—「침묵의 벽」 부분

이미 살펴본바, 시인, 즉 "나"는 말을 잃어버리고 "새 말들을 더듬"고 있다. 재미있는 것은, 그런 상태에서 "유리창 너머 풍경들을 끌어당긴다"는 사실이다. 유리창 너머에는 대체 무엇이 있는가. 인용이 생략된 「침묵의 벽」의 첫 대목, "침묵의 틈으로 앵초꽃 몇 송이/조심조심 얼굴을 내민다"는 묘사가 그 풍경이 아닐까 싶다. 말과 침묵 사이에 시가 있다면, 그것이 인간과 신, 혹은 인간과 자연 사이에 시가 있다는 의미이리라는 점도 이미 확인되었거니와 그 사이로 새와 같은 일상의 자연이 매개되고 있는 것도 보았다. 여기서 유리창은 시각적으로는 투명하여 매개의 기능을 하지만 사실상 양자를 단절시키고 있는 벽이 아닐까. 그리하여 "침묵은 이내 제 길로 되돌아가고" 유리창은 "닫힌 문"이 된다. 새와 나무가 나오지 않는 이 시에서 "빗장은 요지부동"이며 시인은 문을 두드릴수록 더욱 목이 마를 따름이다. 침묵이

단절 저쪽의 모습으로만 나타날 때는 이처럼 힘들다. 그러나 시인은 절망하지 않고 그 풍경들을 "끌어당긴다". 말을 잃었으나 자연 속의 신성을 기웃거리는 모습은 새로운 소망을 예감케 한다. 그 예감의 공간이 이 시집이며, 그 희망은 다음에서 간결하게 표명된다.

> 새들은 마치 이 신성한 광경을
> 나직한 소리로 예찬이라도 하듯이
> 벚나무 사이를 날며 노래 부르고 있다
> 하지만 이내 온 길로 하나같이
> 다시 되돌아가버리고 말
> 저 침묵의 눈부신 보푸라기들
>
> —「벚꽃」 부분

시인은 인간의 말을 잃어버려서 아쉬워하고 있는가. 시는 언어인데 언어 상실을 시의 상실로 생각하고 개탄하고 있는가. 이러한 경계, 접점, 벽 앞에서 이태수가 취하고 있는 궁극적인 메시지는 무엇인가. 「벚꽃」은 이에 대한 대답으로서 선명하게 다가온다. 이 시는 다시금 새를 통해서 인간과 신, 그리고 자연 사이의 관계를 아름답게, 마치 구슬을 꿰듯 연결 지음으로써 새 자신의 이미지를 분명히 한다. 한마디로 새들은 인간의 귀에도 들리는 소리를 내지만, 그 소리는 인간의 언어와 소통하지 않는다. 그 소리는, 소리임에도 불구하고 침묵을 찬양하고 침묵을 대변하는, 기이한 소리다. 그러나 그 침묵은 "겨우내 웅크리던 벚나무들이/가지마다 꽃잎을 가득 달고 서 있"으면서 "하얀 보푸라기들을" 떨궈낸 침묵이다. 아무 소리도 내지는 않았지만 아무것도 안 한 것은 아닌 벚나무. 그 벚나무는 침묵 속에서 가지마다 꽃잎을 가득 달았으며, 하룻밤 사이 하얀 보푸라기들을 뒤집어쓰고 있듯이 화려해 보인다. "햇살들이 그 위에 포개져/더욱 하얗게 빛을 쏘아대는 벚꽃들"을 시인은 모두 침묵의 산물로 묘사한다. 시인은 또한 이러한 모습을 "신성한 광경"이라고 말함으로써, 개화된 꽃과 그 꽃들을 달고 있는 나무들과 같은 자연을 신성시한다. 결국 자연의 침묵은 신의 언어인 셈이며, 새의 노래는 그 과정에 대한 "예찬"이 된다. 명료하게 정리된 것이다. 그러나 한 가지 문제가 남는다. "하지만 이내 온 길로 하나같이/다시 되돌아가버리고 말/저 침묵의 눈부신 보푸라기들"을 어찌할 것인가.

3

마무리에 이르렀다. 니체는 "예술은 자연을 훨씬 능가한다Die Kunst ist weit überlegen der Natur"는 유명

한 말과 더불어 예술의 위대함을 19세기 후반에 이미 역설하였다. 그러나 안타깝게도 그의 이러한 선언은 자연을 압살하면서 이루어졌다. 물론 니체가 죽임으로써 자연이 죽은 것은 아니었다. 그러나 심한 도전을 받은 것은 사실이어서, 니체 이후 오늘에 이르기까지 이른바 현대사상이라고 일컬어지는 거의 모든 사조들이—철학, 문학, 예술, 심지어 자연과학 및 사회과학까지—덩달아 그것이 마치 진리라도 되듯이 이를 추종하였다. 실로 20세기는 니체에게서 한 발짝도 벗어나지 못한 감이 있는 것이 사실이다. '예술'로 대변되는 인간, 혹은 인간성은 역설되고 옹호되고 자랑되어야 할 것으로 끊임없이 강조되었다. 이념화되기도 했고, 제도화되기도 했다. 그러나 언제부터인지 문학과 예술 일각에서부터 이러한 통념에 대한 회의와 성찰이 일어나기 시작했는데, 그것은 아마도 지나친 인간화에 의한 자연 파괴 및 생태계의 변화에 따른 불가피한 반응이었을 것이다. 기독교를 비롯한 종교의 반성적 노력도 이와 결부되어 니체주의의 열광을 완화시키는 듯했으나, 지식인 사회의 분위기는 크게 달라지지 않고 있다. 이태수 시집은 크게 보아 이러한 분위기의 일신에 기여하는 맑은 작품들로 가득 차 있다. 그러나 그의 시가 경건주의적 색채를 띠고 있는 것은 아니다. 그보다는 현대사회에서 고립화·원자화된 개인들의 소통과 그로 인한 언어의 무력화에 언어

철학적으로 접근하고 있다는 인상을 준다. 따라서 인간의 언어는 의미가 완전히 해명되지 않은 채 쳇바퀴 돌듯 헛돈다는 인식으로 나타난다. 그러나 신의 언어라고 할 수 있는 자연의 모습도 이와 비슷한 회로로 파악하는 까닭은 얼핏 이해되지 않는다. 왜 "침묵의 눈부신 보푸라기들"이 "다시 되돌아가버리고 말"아야 하는가. 그것이 자연 표상을 나타내면서 침묵을 통한 신의 언어를 말하고 있다면, 세상 속에 인간 속에 영향을 던져야 할 것 아닌가. 종교적인 표현을 빌린다면, 세상과 인간을 구원하고, 인간의 언어 또한 피를 돌게 해야 할 것 아닌가. 니체와 반대로 자연과 그 침묵 언어의 위대함을 노래한다면 헛된 공전 대신 빛을 뿜어야 할 것 아닌가. 더 나아가 인간의 언어와 교류가 이루어져야 할 것 아닌가. 사실 그 가능성을 보여주는 시들도 여러 편 있다. 자연과 시가 빛이 되는 가능성이다.

아주 오래된 저 귀목나무는
까마득히 오래된 침묵의 한가운데서
느리게 솟아오른 광휘 같다

오로지 말 없는 말에만 귀열어
깊이깊이 안으로만 쟁이고 되새김질해
그윽한 빛을 뿜어내는 것 같다

—「오래된 귀목나무」 부분

오래전 우리 집 마당으로 이사 온
계수나무 두 그루,
바라보면 볼수록 침묵의 화신 같다

겨울이 다가서자 지다 남은 잎사귀들이
햇빛 받으며 유난히 반짝이지만
몸통은 벌써 침묵 깊숙이 붙박여 있다

—「어떤 거처」 부분

"그윽한 빛을 뿜어내는"가 하면 "햇빛 받으며 유난히 반짝이"는 모습은 확실히 자연의 언어가 인간 세상을 향한 선한 영향력을 드러내는 현장이다. 그러나 거기에는 "깊이깊이 안으로만 쟁이고 되새김질"하는 자연 스스로의 조용한 역동성, 그리고 "몸통은 벌써 침묵 깊숙이 붙박여 있"는 은거의 모습, 혹은 자기폐쇄적인 자존의 인상이 남아 있다. 마치 세속의 손은 범접을 허락하지 않는 듯한 어떤 엄숙한 세계가 단절된 듯 놓여 있다. 시인 역시 "그 그늘에 낮게 깃들인 나는/작아지고 작아지기만 하는/끝내 허물도 벗지 못하는 애벌레 같다(「오래된 귀목나무」)"고 자신의 위상을 조금쯤 낮춘다. 정녕 인간과 자연은 소통하면서 신성의 거룩한 세례를 받을 수 없는 것인지……

이러한 의미망 속에서 침묵의 깊은 의미로 인간의 언어를 새롭게 하고자 하는 시인의 태도는, 그러나 겸손하다고 말하는 것이 적절해 보인다. 무엇보다 시인은 자연, 신, 그렇다, 그들이 지닌 침묵을 선망하면서도 그를 향해 매우 조심스럽게 다가간다. '더듬는다' '서성인다' '맴돈다'와 같은 동사들의 잦은 출현은 성스러운 침묵의 성 주위에 접근하면서도, 아직은 입성하지 못한 시인의 부끄러움과 주저, 그러나 언젠가는 들어가리라는 기대와 소망을 함께 반영한다.

떠밀어주는 힘, 침묵 속 미지의 말들을
더듬어 가게 하는 길라잡이인 것 같다

—「꿈」 부분

내가 깨뜨려버린 침묵과
다시 들어가야 할 침묵 사이를 서성이며
이토록 붉게 애를 태워야만 한다

—「서녘 하늘」 부분

그 안 보이는 길 위에서 목마르게 서성이는,
말 없는 말들을
찾아 나서는 안간힘일 뿐,

—「말 없는 말들」 부분

입을 굳게 다문 채 말들을 잠재운다
며칠째 견디기 힘든 말들에 시달리면서도
아주 낮게, 더더욱 낮게 마음 조아린다

—「겸구(箝口)」 부분

그런가 하면 자연 속에 침묵으로 숨어 있는 신성의 모습도 이와 비슷한 구조다. 그는 시인을 향해 뜨거운 손을 내밀거나 냉철한 논리를 펼치지 않는다. 그의 얼굴에는 대체로 언젠가 이루어질 인간과 자연의 화평스러운 교감을 기다리는 자의 평온함이 깃들어 있다. 많은 경우 그 모습은 긍휼을 베푸는 자의 조용한 응시, 그렇다, '내려다보는' 형태를 취하고 있다.

물끄러미 나를 내려다보며 서 있다

—「어떤 거처」 부분

침묵으로 말하듯이 나를 내려다본다

—「서녘 하늘」 부분

개나리, 목련꽃을 활짝 밀어낸 나무들은
제 발치에 돋아나는 풀잎들을 내려다본다

—「봄날 한때」 부분

언어/예술과 자연, 인간과 신의 이러한 대항 구조는 '더듬고' '서성이는' 발길이, '내려다보는' 신의 눈과 짝을 이루는 순간 낙원이 될 것이다. "하강과 상승은 본디 한 쌍이라고"(「하강과 상승」) 시인도 말하지 않는가. 예술이 자연을 능가한다는 니체의 편견은 이제 예술과 자연은 한몸이라는 시의 선언으로 이태수에게서 새롭게 부활하리라. ▨